어울문학동인 제22집

손가락 한 마디

글나무

어울문학동인 제22집

손가락 한 마디

저　자 | 어울문학동인
발행자 | 오혜정
펴낸곳 | 글나무
　　　　서울시 은평구 진관2로 12, 912호(메이플카운티2차)
전　화 | 02)2272-6006
등　록 | 1988년 9월 9일(제301-1988-095)

2022년 12월 10일 초판 1쇄 발행

ISBN 979-11-87716-71-6 03810

값 9,000원

저자와 협의하여 인지를 생략합니다.

손가락 한 마디

어울진법(進法)

어울은 별이다
홀로 반짝이지 않고
밤새 손 맞잡고 깔깔대며
어둠을 무섭지 않게 하는 은하수이다

어울은 시계이다
멀리 떨어져 있다가
1년 열두 번 지나치지만
하루를 분 초 삼아
동서남북 동그랗게 동인 카페 둘러앉아
초침으로 소곤대는 벽시계이다

어울은 자갈밭이다
모난 글 뾰족한 글 뭉툭한 글 거친 글
물로 쓰다듬고 품에 보듬어
맨들 하게 윤기 내는 사갈들의 詩냇물
골리앗을 쓰러뜨린 다윗의 물 맷돌이다

어울은 안마의자이다
살다 보면 생기는
멍든 곳 아린 곳 쑤신 곳 뭉친 곳
모두 주물러 피 돌게 하는
엉덩이 뻘겋게 지져대며 수다 떨어대는
글쟁이들의 사랑방이다

어울은 물방울이다
칼바람 허리를 잘라내도
천둥 번개 고막을 찢어대도
천 길 낭떠러지 팔다리 찢어대도
가슴은 동글동글 토해내는 詩 꽃이다

어울문학동인 회장 박기을

Contents

Contents

2022

정
유
진

erwol

손가락 한 마디

어머니 잘 지내시는지요
지금 밖에는 소나기 쏟아지는 소리가 요란하네요
저는 김치찌개 밥, 콩나물국, 생선조림
1년 전에도 먹었던 반찬들로 식탁을 차립니다
오늘도 밥그릇의 밥풀을 떼고 국그릇의 기름기도 닦고
있어요
어제 씻어 건조한 그릇과 냄비를 또 닦고 있어요

어느 날엔가 장롱 한 짝을 버린 적 있지요
오래 신은 신발 한 짝보다 가벼웠습니다
비어 있는 곳은 또 다른 옷과 짐들로 채워지겠지요
빈 곳은 채워지는데
저는 매번 빠져나가 빈 것으로 남았습니다
바짝 들이밀어 깎은 손톱 둘레를 핏빛 봉숭아 잎으로 물
들였습니다
손가락 한 마디가 진한 붉은 색으로 물들었습니다

25시의 고양이들

문고리가 손에 쩍쩍 달라붙던 겨울이었다

열 살 아이는 툇마루 아래 쪼그리고 앉아 있었다
옆에서 말을 걸어도 아무 말이 없었다
마당귀퉁이에 있던 작은 풀은 언 땅에서는 살 수 없었다
분명 햇살이 비추고 바람도 일렁거려주었다

아이는 지병으로 세상을 떠난 한 사람을 생각한다
어디로 갔을까
아이는 두려운 마음이 들었다
지난봄, 마당 한 귀퉁이에 핀 민들레를 발로 차면서
운동화에 흙을 묻히며 손을 잡고 서 있었다
늦잠 자는 아이 옆에서 늦은 아침을 먹는 것도 기다려주며
손을 잡고 집 둘레를 몇 바퀴 돌다가
마을 어귀까지 아이의 발걸음을 맞추어 주었다
아니, 아이의 발걸음이 그에겐 힘에 겨웠다

아침에 눈을 뜨면 혼자 앉아 누군가와 이야기를 하고 있다
잠깐 사이 아이 곁에 또 다른 시간이 지나간다

집으로 가는 길

이따금 담 너머로 물 한 바가지를
뿌렸다 그 집에 사는 뚱보 할머니는

그럴 때 아이들은 담 아래 몸을 바짝 붙여 물세례를 피했다
할머니의 호통소리가 무서워도 아이들은 그 골목을 좋
아한다

한여름 밤 동네 아이들이 하나둘 담 밑으로 모여든다
소곤소곤 거리다 까르르 까르르 웃는다
꺅 소리를 내기도 한다

이따금 그 집 앞을 지나 구멍가게로 새우깡 사러 갈 땐
할머니가 벌컥 문을 열고 나올 것 같아
숨도 크게 쉬지 못했다

자동차정비소를 지나 왼쪽으로 돌아 걷는다
이층집 담장 아래 서 있는 감나무가 보인다
멀리 수리산 등선으로 노을이 들기 시작한다

늙은 감나무가 담을 넘어 골목으로 낮게 드리워져 있던 집
한낮에도 저녁답 같던 집

커피는 진하다

맥도널드 2층에 아이와 마주 앉아 있다
스타벅스에서 오천팔백 원 하는 커피보다
천 원짜리 커피가 더 진하다
왜?
대답 없는 질문을 혼자 중얼거린다

은행나무 우듬지가 발밑에 있다
노란 은행잎을 밟으며 사람들이 간다
한 사람이 은행을 밟았는지 비틀 미끄러지다 간다
냄새가 유리창을 넘어오는 것 같다

아이가 햄버거에 들어 있는 장난감을 조립한다
유치원 버스에서 내린 아이들이 엄마와 함께
우르르 들어온다. 왁자지껄히디
장난감을 조립하던 아이는 떠드는 소리에 고개를 돌려
미간을 찌푸리다가 다시 조립에 집중한다
떠드는 소리가 커피보다 진하다

사춘기

유치원 다녀오는 길모퉁이에 작은 민들레 홀씨들이 있었다
아이는 어깨를 한껏 올리며 볼이 터질 듯 공기를 모아
후~ 홀씨들을 날려 보냈다
그 모습들을 휴대폰으로 한 컷 한 컷 찍었었다

엄마 오늘 손바닥 찍기 놀이 했어
재밌었어?
응, 나는 5번이나 찍었어
앗! 고양이다 귀엽다 고양이는 왜 밖에 있을까?
아이는 계속 종알거리며 집으로 갔었다

학교 담장에는 노란 개나리가 피어있다
민들레 홀씨도 고양이도 보이지 않는다

우리 사진 찍으러 갈까?
…… 싫은데
내 키만큼 자란 아이는 퉁명스럽게 말한다
수업은 재밌어?
…… 글쎄
새 학기가 시작되었는데 아이는 말이 없다

2022

임 경 순

erwol

시계가 날 때리기 시작해요

소리는 아무리 퍼내도 금방 차요
검은 막대기는
어찌 그리 같은 곳을 치는지요

출처가 무궁무진한 냉기를
베개 밑으로 긁어모아요

11월은 아직
남아 있는 것들이 있어서 다행입니다
흔들린다는 건
아직 버틸 것이 있는 것이니까요

밤이 시간을 감추는 동안
안개를 뭉쳐 잠의 계단을 만들어요
생각 한 마리는 종횡무진이어서
이리저리 앞뒤가 꼬여요

초침은 퍽 퍽 거침이 없으니
슬픔이 심심해질 때까지
흠씬 매를 맞아야 할까 봐요

178

밑창 난 벼루에서
몽당붓이 걸어 나온다
추사보다 더 오랜 귀향길에서
돌아온 세한도

붓길 따라 이상적을 만나고
강도순 대문을 두드려 본다

쓰임 당하고 버림받고
다시 나아가며 물러나기까지
집 한 채만 오롯하다

흰 도포 자락이 탱자꽃으로
펄럭이는 제주 유배지

일백칠십팔 년 만에 돌아온 고향
비로소 신발을 벗고 길게 눕는
세한의 끝

돌탑

손에 잡히면
누름돌
돌팔매 돌
물수제비 돌

이리저리 표정을 바꾸다가
아슬하게 멈추는 돌의 생각
구르고 부서지는 것만이
수행은 아닐 터

윗돌
버팀돌
밑돌
뼈대로 버티는 아슬아슬한 소원들

어떤 이의 발에 채여
넘어지고 쓰러진다면
누군가 다른 꿈의 표정을
세워놓고 갈 테지

올려지기 전에는
무심코 돌
한사코 돌
하물며 돌

실로넨*

신이 옥수수로 인간을 만들었다는
마야 전설

내 몸에도 그의 피가 섞여 있다는데
머리카락은 붉은 수염이 진화된 것일까

우주에서 온 정체 모를 괴물
손 하나 까딱 않고 땅을 일군다
거름을 섞고 잡풀 뽑게 하면서
세 알을 심는다
땅 위 것을 위해
땅 아래 것을 위해
한 알을 위한 기꺼움으로

넌출거리는 수꽃이 피고
발가락이 허공을 내달릴 때
겹겹이 싸인 비밀을 벗는다

흰 이를 드러내는 웃음소리

소쿠리 가득하다

두어 개 속옷을 뒤집어
머리를 땋듯 꼬아
대못 신전에 모셔둔다

옥수수 영토를 위한 촘촘한 노예 도시
23층 3호 호모 사피엔스
파종을 위해 머물고 있다

＊옥수수의 신

책식주의

맨손으로 집어 먹기 좋은 책장고

냉기로 소름 돋을 때
따뜻한 시집 한 그릇을 비우고
조곤조곤 설득하는
책 한 잔을 마셔야 한다

막 버무린 겉절이를 먹다가
묵은지는 당분간 손이 가지 않는 법

소포로 배달되는 것들
넘길수록 속은 촉촉 겉은 빠삭하다

뚜껑 한 번 열어본 적 없는 고전문학전집
오래 묵은 오크통을 개봉한다

바이칼 호수에 사는 물고기 한 권을 굽고
바이블에 뜸이 든 한 구절 주걱으로 푼다

요정의 고리에 걸린 버섯 속갈피를 탐하다
눈은 오래 모래알을 씹는다

2022

전은희

erwol

벽

안경을 쓰고도 눈앞이 흐려
수시로 어두워지는 방안
전등 켜는 횟수가 잦아진다

스위치를 찾다가 닿은 벽
벽은 늘 그 자리에 있는데
넘을 수 없는 절벽으로 다가온다

얼마나 많은 길을 돌아서 왔을까
얼마나 많은 허방을 짚으며 왔을까

허공으로 손을 뻗는다

어둠 속에 빠진 빛을 꺼내고
절벽에 부딪힌 나를 세우고

노동자

콩 볶듯 들볶인 하루를 건너
구도로 통닭집 모퉁이 돌면
긴 목 늘어뜨린 철제 계단이
시퍼런 속울음 녹으로 토해낸다
짓눌리고 밟혀도 비명
한번 지르지 못해
숨 깔딱거리며 몰려드는
인파 받아내고 있다

분갈이

흙
상토와 분토가 뒤섞여
더 가볍다
한 줌 흙

바람이 얼마를 굴려야
티끌이 될까
먼지가 될까
흙을 양손으로 들어 올린다

서로 얼마나 그리워야
삶과 죽음이 만나지는가
어디에도 없는
떠나간 것들을 생각한다

와락
화분 속 흙을 쏟는다

푸른 금전수는 화분에 담아

집안으로 들이고
뾰족한 스키투스는 울타리에 세운다

목련

하늘에 펼친 오선지
비에 젖더니

선마다 마디마다
음표가 돋아난다

시샘 많은 봄바람
몸 한번 뒤척이자

허공에 푸른 공명만
남겨두고 떠난다

빨강 구두

추석에 언니가 신고 온 빨강 구두를 보고 내 발가락이 간지러웠어 언니가 잠깐 자리를 비운 사이 잽싸게 구두를 신고 걸었지 세상에 태어나 처음 신은 킬 힐, 내 발은 너무 작아 하이힐 앞쪽에 몰렸고 안창에 댄 가죽 느낌 말랑했어 오리걸음 뒤뚱이며 빨강 구두를 끌며 걸었어 그때 흙벽에 걸어놓은 줄넘기가 눈에 띈 거야

하이힐을 신고 줄넘기가 가능할까 하이힐 신고도 줄넘기가 가능했어 굽이 높아도 발끝에 힘을 주고 끌어당기듯 폴딱 뛸 때 세상이 다 내 것 같았어 바닥에 닿던 따닥따닥 소리 아직도 들리네 따악 하고 줄에 걸려 넘어지자 내 발을 벗어난 빨강 구두는 저 멀리 날아갔어 달려가 구두를 잡는데 한쪽 뒤축이 통째 빠져 있는 거야 하이힐 뒤축이 빠지기도 한다는 걸 그때 처음 알았어 한쪽이 없으면 온몸이 다른 한쪽으로 기운다는 걸 그때 처음 알았어 뒤축을 조심조심 밀어 넣고 댓돌 위에 얌전히 올려놓았어

추석이 지나고 언니는 감쪽같이 말짱한 빨강 구두를 신고 떠났어 뒤축이 빠진 것을 전혀 눈치채지 못했어 시간이

10년쯤 흐른 뒤 왜 형부랑 결혼해서 이 고생이야 첫 출산
에 딸 쌍둥이 낳고 사별 후 고초를 겪는 언니한테 물었어
언니는 추석 때 빨강 구두를 신고 고향 다녀오다가 버스 안
에서 갑자기 구두 뒤축 하나가 쑥 빠져버렸대 구두 한쪽은
신고 구두 한쪽은 들고 버스에서 내려 절뚝절뚝 걸었어 어
느 살가운 분이 당신 집에서 신발 하나 신고 고치러 가라
해서 갔다가 형부를 처음 만났대 신발 돌려주려고 갔다가
또 만났어 쉿, 내가 빨강 구두 뒤축 망가뜨린 일은 아직도
비밀이라고,

믿음

컵에 담으면 1밀리리터도 못 채우고
체중계에 올리면
1그램도 꿈적하지 않아요
핀셋으로도 집지 못하고
라식 라섹을 하고 봐도 보이지 않지요
혀로 굴리고 굴려 드리는 분량
면도기에 갈려가는 코털만큼도 안되죠

재활용 수거통이나 뒤져
남이 신던 나이키나 신고
색 바랜 아웃도어나 주워 입고
음식물 쓰레기 통 뒤져
햄버거나 찾으면 복권 찾은 듯
엉덩이 흔들어 댈 몸 안에
홀씨 하나 떨어졌지요
뿌리가 내렸지만 지렁이 콧김에도
발가락 발톱까지 움찔거려요
겨우 새순 밀어 올렸지만
잠자리 날갯짓에도

어지러워 토할 거 같아요

빨간 책에 뿌리 빨대로 꽂고
양분 빨아대야 하지만
맛없다며 쳐다보지도 않아요
아메리카노만 빨아 댄 지 며칠인지 모르죠
엉덩이에 뿔날 영혼 뭐 이쁘다고
앞산 치워 아파트 달라 하면
포크레인 시동 걸어 주시고
바다 위 걷고 싶다 하면
대교공사 발대식 준비해 주시죠

정맥으로 살기

선생님은 말씀하셨지
쓸모 있는 인간이 되라고
영양가 있는 하루를 보내라고
수업을 받고 도서관을 가고
합격을 하고 졸업장을 따고
사회에 비타민 되어
심장에서 발끝까지 피 흐름길
동맥으로 뚜벅뚜벅 걸어온 세월

밤새 토막잠 끝에
눈 떠 보는 새벽달
종량제 봉투 속 쓰레기 치우는 미화원
재활용 분리수거 치워가는 수집상
구루마에 빈 박스 주워 담는 노인들
버려진 마스크와 맥주 캔 굴려 가는 바람들
모두 부지런하구나
도시의 노폐물 삭제시키고
단백질 길 터주는 도시의 새벽
지친 몸 이끌고 발길 돌려 향하는 모세혈관

정맥으로 사는 사람들이었구나

산책로 냇가엔 얼음물 헤집는 청둥오리
청둥오리에겐 동맥과 정맥이 교차하는
열 교환 발가락 있어 얼음장 물 춥지 않다지
정맥으로 시작해 동맥으로 해 뜨는
도시의 아침은 온돌방 아랫목이다

물따라기

뱃길 따라 흐르는 물
어제도 아침도 캔 커피
뚜껑을 땄을 때의
물이 아니고 오리 떼 머리
쉼표가 되지 못하고
물고기 비상질 느낌표
되지 못하고
흐르고 흘러 흐름의 법칙
이진법 십진법 아니고
곡조 팔분음표 십육분음표
아니고 규칙이 아니어서
일탈도 없고 마음 급한
하늘만 흐렸다 맑았다
바람 불었다 지쳐 갈 뿐
다 담아주고 그려주고
얼굴빛 변하지 않고
부호나 셈법 아니어도
종소리 울리는 물의 미소

정서진에서

형님
떠나신 지 철도 바뀌지 않았는데
얼굴 한번 떠올리지 못하네요
바빠서 그럴 거라며
만선 뱃고동으로 웃어주시네요
코로나19로 병실 한번 찾지 못한
아들뻘 동생 올 거라며
눈도 못 감으셨죠
부르다 부르다 입도 못 다무셨죠

그런 동생 뭐 이쁘다고
노을 한 다발 안겨 주시네요
금빛 종소리로 속삭여 주시네요

맹꽁꽁맹

너네는 맹해라
우리는 꽁할게

전문가 얘기론
맹꽁이 울음소리가
팀으로 무리져 맹하고 꽁한다지
장맛비 고인 물에 국가를 선언한 맹꽁이들
맹당꽁당 나누어 밤새 시끄럽다

얼마 전까진 민당 국당 나뉘어져
민당국당 민국민국 싸다귀 때리더니
얼마 후엔 국당 민당 갈라져
국당민당 국민국민 대기권 뚫고 하이킥 날린다

아마 맹꽁이 나라도
내일 들어보면 꽁맹꽁맹 쌍코피 터질 거야

2022

김미옥

erwol

쓸쓸한 뉘앙스

이번 생에 나라는 구하지 못했으니 치킨이나 뜯자

리펄스 베이 해변 걸은 적 있는데
같은 모둠 중년 커플이 어찌나 사이좋던지
제니퍼 존스 정도면 불륜도 괜찮을 거라 했지

니들 중 모정이란 영화 아는 애 있니?
어쩌면, 어쩌면, 어쩌면
로맨스 빼면 인생은 시시하잖니

수직으로 오르는 관광열차에서 본 야경은 황홀했어
아침 민낯으로 마시는 해장술은 적나라했지만

오, 미인 오랫동인 실존과 묘사를 오해했이
이젠 고통만이 유일한 감각이야

소년 장국영도 소녀 장만옥도 사라졌지만
검은 화면 속 유덕화 가슴에 핏물이 번지면
내가 죽일 악당 하나는 꼭 살아 있었지

취두부 냄새 자욱한 시장 골목에서
성냥개비 하나 입에 물고 미래를 점쳤어
몇몇 놈팡이랑 연애도 할 거래
내 단편은 술술 읽히고 통장은 털릴 거래

뭐야, 뭐야 핵노잼 꺄르륵 꺄르륵

죽기 전에 하는 게 무용담이지만
산란이 끝난 하늘 좀 봐
터벅터벅 소멸로 가는데
얼마나 작렬한 노을이야?

그런데 닭 다리는 하나밖에 없었니
이거 너무한 거 아냐?

축일

한 무리 여자들이 버스에서 내린다
패랭이 꽃무늬 일바지를 입은 여자들
몇 푼의 잔고 같은 배낭을 메고 있다

오늘은 어디서 품을 팔고 오시는가
배낭 속 요술봉이 있을 리 없지만
두툼하게 부푼 그 속이 궁금하다

누군가 죽은 이를 위해 제단에 술을 올리고
해갈한 버드나무가 입맛을 짝짝 다신다
사월 잔디는 성깔 있게 귀가 솟았다

지구가 천천히 봄 일을 시작한다
주름 반 근심 반의 여자들은
단내나는 입속에 바람을 머금고
오금을 잠시 피는 청명

초대장 없이 지상에 내려온 나무
열아홉에 뿌리내려 아흔아홉까지 살아 있다

바슬대는 파마머리의 여자들을 내려놓고
풍진용역 버스는 노동요처럼 사라진다

돌체 다방

독쟁이 옛날 돌체다방
지금은 24시간 성인 PC방
빨간 에나멜 구두 신겨 무등 태우고 데려간 곳
아버지 양복 주머니 깊숙이 아담한 여자 하나 살고 있다
가르랑 가르랑 목구멍에서 고양이 소리 나던
여왕님 같이 올린 머리에는 꽃핀도 꽂았지
지금도 선명한 긴 속 눈썹

아버지 이 속눈썹에 얼마나 입맞춤했을까

나는 종이 인형을 오리거나
수족관 금붕어 구경에 정신없었지
한 숟가락씩 얻어 마시던 맥스웰 커피는 달콤했지
장미꽃봉오리 그려진 잔을 어루만지며
벙그레 웃던 아버지 얼굴은 정말 신기했지
보온병에 담긴 뜨겁고 고소한 우유 냄새
코끝 스치던 진한 화장품 냄새
들떠 있던 기분은 갑자기 슬퍼져
놀다 보면 돌체 다방이 좋기도 싫기도 했지

오색 셀로판지 통해 화사하게 흩어지는 햇빛들

맑게 부딪히던 찻잔들

보호구역에서 이탈해

가끔 들여다보고 싶은 만화경

달콤한 사람들만 달콤했지

뒤늦게 고백성사를 구하고 싶어지면

누구의 것도 아무것도 아닌

오랜 집문서의 희미해진 인장처럼

그저 할 일이란

지나고 나니 달콤했다

그것으로 충분했다

구월동 첫눈

첫 과 눈 사이 사람이 있다

눈은 빛보다 빨리 약지에 닿지만

입술보다 먼저 식는다

어제 죽어버린 맹세가 눈발에 흩날리고

자동차 경적에도 아랑곳없이

호들갑스레 문자들이 온다

혀를 내밀어 첫눈을 받아먹는다

크리스마스가 끝나가는 저녁 아홉 시 같은 맛

담쟁이덩굴이 아직 붉은 벽에 붙어 있는데

첫눈은 보란 듯이 내린다

눈이 공중에서 사라지기 전 할 일이 있다

접어둔 책갈피 달뜬 문장 속 당신

매번 나를 버리고 매번 바뀌는 이별 장소에서 울고 있는

두고 온 고양이처럼 마음 쓰이지만

느슨해져 잃어버린 줄도 몰랐던 손목시계 같은

눈 오면 생각나고

눈 녹으면 잊히는

내 사랑 중 가장 가난한 사랑

사람들이 모였다 흩어지길 반복하는

구월동 사거리

11월 20일 저녁 8시 30분

비보호 좌회전

카사블랑카

환란이 이름을 바꾸고 창궐해도
엉덩이가 들썩이는 건 막을 수 없지
원시시대부터 우리의 권리였으니깐
리스본행 기차를 놓쳤어도
대회전 관람 열차를 타보지 못했어도
뒤태는 여전히 발랄하잖아

아가씨 제비는 죄가 없어요
조심할 건 쪽제비죠
춤추는데 허락은 필요 없어요

사랑을 잃은 이들이 마지막 가야 할 곳
연골 닳은 춤꾼이 있는 댄스홀
날라리 바이브에서 나오는 농담은 유쾌하죠
발은 가볍되 정확할 것
가슴과 가슴 사이 주먹 하나 들어갈 것
숨결에 페퍼민트 향 풍길 것

어깨와 어깨 사이 여유는 시를 쓰듯이

그런데 말이죠
이거야말로 우주 꿀팁
댄스 교본만 잘 배워도
사람도리는 할 수 있다는 거죠
매일 낯설게 태어나는
이 세계가 거대한 무도장이라면

당신과 나의 아름다운 간격

2022

박 영 옥

erwol

해별달 사과 따기 체험농장

홀로 선 미루나무와
사과나무에 부딪치면서 바람이 지나간다
둑 너머 도랑물 흐르는 소리 끊어질 듯 들려온다
풀섶에서 귀뚜라미 운다

여름내 천둥소리에 내몰렸을 풋 가슴
이제 속사정 드러내놓고
빨갛다

바람 소리 하나에
도랑물 소리 하나
귀뚜라미 눈물 같은 무엇이
이 가지 저 가지에 둥글게 매달려있다

낮게 엎드려 하나
높게 까치발 떠서 하나
잠깐 사이 바구니에 그득해진 사과

물끄러미 보고 있는 주인 여자에게 묻는다

이렇게 내어 주는 것이 외롭지 않나요?
네 외로움보다 할 일이 너무 많아서요

엷은 웃음 띈 눈가에 주름살 깊다

해 지는 쪽으로 바람 부는 쪽으로 새들 날아가는 쪽으로

시화 방조제 지나 송산 뜰에 도착한다
출렁거리는 갈대 속에 바람결이 들어있다

새들이 날고
그림자가 쫓아가고

머리 위-북쪽으로 날아가는 다섯 마리
바다 쪽-일곱 마리
이제 막 날아오르기 시작하는 한 무리도 있다

서쪽 끝-수십 마리 몰려오고
남쪽 끝-수십 마리 몰려가고
부방비 상태로 허공이 끌려나닌나
한 가족 두 가족 세 가족
너무 많아 셀 수 없고
들려오는 울음 같은 소리 웃음 같은 소리
소리들-듣는다

붉은 해가 방조제 끝으로 스며든다
달은 중천에서 미동도 하지 않고
갈대밭과 갈대밭
가운데로 난 길-지나가고 있는 중이다

안녕이라고 말한다

대숲에서 고양이의 날카로운 비명소리가 들렸다
돌기와집 처마 아래 서 있던 아이는 무서워서 울었다
그 두려움에게

술에 취한 아버지가 또 비틀비틀 걸어올까 봐
아이는 주막거리 쪽을 바라보고 있었다
앞 개울 징검다리에 앉아있던 아이는 하염없었다
그 외로움에게

13살 초경이 시작되던 날 무릎 사이에 얼굴을 묻고
골방에 웅크려있던 소녀가 있었다
그때 소녀는 아무도 없는 곳으로 가고 싶었다
그 아련함에게

그와 헤어지고 도시의 낯선 길을 헤매던 그녀가 있었다
가슴 속이 화석처럼 굳어 있던 그녀가 있었다
그 슬픔에게

밀가루 실린 유모차 삐그덕 밀며 아이를 업은 그녀가 있었다

명동거리에서 전단지를 나누어 주고 그들이 버리고 간 것들을
쪼그려 앉아 다시 줍던 그녀가 있었다

그 쓸쓸함에게-안녕이라고 말한다

오른쪽 혹은 왼쪽

나의 긍정은 오른쪽에 있어
그녀가 말했다
그런데 요즘 오른쪽이 허물어지고 있는 것 같아
그녀가 말했다

반쪽으로 산 지 오래인 것 같아
요즈음은 온통 부정뿐이야

왼쪽이 그리웠나?
어쩌면 부정은 깊숙한 둥지였는지도 몰라

내 속에 왼쪽을
아기자기를 넣어두고 싶었는지
소곤소곤을 쌓아두고 싶었는지도 몰라
그녀는 오른쪽도 왼쪽도 아닌 표정으로 말했다

꽃피는 봄날 그를 만났지
쓸쓸하지 않아서 좋았어
그때 그는 나의 오른쪽이었나봐

지탱해 줄 무언가가 필요해 보이는 표정으로
그녀가 말했다

그런데 봄, 여름, 가을, 겨울×5=왼쪽이야

그녀는 오른쪽이 자꾸만 삐그덕거린다며
소맥 한잔을 단숨에 비웠다

무제

아파트 계단을 올라가다가
볕 좋은 날 산길을 올라가다가
매일 다니던 골목을 헤매다가
문득 마주쳐도
아침에 일어나서 물 한 컵 마시는 것처럼

더하기를 하다가
빼기를 하다가
곱하기를 하다가
문득 마주쳐도
한밤중에 일어나서 잠이 오지 않는 것처럼

전철 안에서 이상형을 바라보다가
수선화 같은 원피스 앞에서 머뭇거리다가
뜬금없이 꿈속에서 유명 배우와 키스를 하다가
문득 깨어나도
무릎에 케토톱 파스를 붙이는 것처럼

누군가 보낸 백만 송이 장미를 세다가

겹겹 피어나는 이름들을 부르다가
꽃 지고 나면 가을이 훌쩍
그 자리를 채우는 것처럼

2022

김민채

erwol

3월

별피기바람꽃이 폈다
너도바람꽃이 폈다
맞불 작전에 화르르
변산바람꽃이 폈다
바람피워 볼 사이도 없이, 늦게 온 홀아비바람꽃이
흔들흔들 서 있는 창 쪽
아는지 모르는지 아직도 꿈속인 아네모네
앵초가 피고
바이올렛이 피고
그 옆에 수선화가 피고
별꽃이 피고

꽃멍

남한강으로 벚꽃이나 보러 갈까
벚나무 그늘 아래 돗자리 펴고
하르르하르르 떨어지는 꽃잎 보며 멍이나 때려 볼까
벌이 붕붕거리는 소리 귓속에 쟁이며
불룩이 불러올 버찌 만지작거리다가
갑자기 생각나는 얼굴 있거든 전화나 걸어볼까
운 좋게 나온다는 녀석 있으면
〈달이 동동〉 집으로 달려가 주거니 받거니 해볼까
이른 달을 만지작거리다가
방바닥을 뒹굴다가
버찌의 그늘을 열었다 닫았다 하다가
순간
멍하니 멀어지는
꽃잎들

앵두나무 집

낙수(落水)가 차올라 귓바퀴까지 찰랑찰랑

기다리는 것들은 미루나무 잎 사이를 뜀뛰기 하며 반짝
이지
시냇물 소리가 졸졸 귀에 넘치면
뻘기가 익어가고 까마중이 익어가고 파리똥이 익어가고

그 소리, 나를 얼마나 멀리로 데리고 가는지

앵두나무에 피던 여름이 가면
봉숭아 물들인 손톱 끝으로 첫눈을 점쳤지

매산리 864번지

그리움은 바닷가 조약돌 소리
차르르 차르르
썰물 때만 내는

잠시 시들어라*, 어디선가 엄마 목소리가 들린다

문단속은 했는지 가스는 껐는지 수돗물은 잠갔는지 걱
정 많은

　이제는 사라지고 없는 그 집

　다시, 앵두꽃 피었다

* '한숨 자라'는 또 다른 표현으로 화자의 어머니가 자주 사용한 말

발랑리를 달리고 있어요

그는 내 눈 속에서 자신을 보려고

가끔,
나를 한 입 베어 물고 나이 먹은 게 아직도 덜 여물었다 핀잔을 주기도 해요 저녁나절 비가 오고 바람이 불어요 그는 광명에 있고 나는 파주 발랑리를 달리고 있어요 팔랑팔랑 치마를 펄럭이며 분홍으로 물들고 싶은 날, 날마다 분홍이고 싶었지만 붉거나 노랑으로 미끄러져 보라로 끝나기 일쑤죠

한때,
그의 눈에 갇히고 싶어 안달했지만, 난 갇히면 견딜 수 없는 파랑새였어요 난, 익숙해진다는 것은 무서운 일이예요 그의 호흡이 말랑리까지 날려오는 것처럼요 내 입이 원곡어법을 택하면 어떻게 되는지 잘 알면서 쉽게 물러서지 않죠네요 그걸 뚝심이라고 말하지 말아요

이젠,
그에게 난 여자가 아니에요 그는 늘 내 밖에서 나를 찾아

요 광명에는 가지 않을 거예요 나는 이미 나를 벗어났거든
요 대리의 시간을 기꺼이 져 주던 우리의 분홍은 어디로 갔
을까요

　지금,
　발랑리를 시식 중입니다 무슨 맛일까 닥치는 대로 달려
드는 내가 너무 신나요

잠실

잠실에 간다

빗소리 같은,
시간을 갉아먹는 초침 소리 아삭아삭 맛있는

초록 물 뚝뚝 떨어지면
아이들은 손톱에 검은 물이 들어서
누에처럼 여물어 갔다

뽕잎을 따고 뽕잎을 나르고
뽕잎을 먹이던 순환 회로에 불이 켜질 때에야 나는
뽕잎을 덮었다
제대로 된, 따끈한 맛 네댓 번 보여주면 기죽을까
불 속에서 연단 받는 풀잎, 어린 풀잎들

지하철이 건물과 건물 사이를 지날 때
굴을 뚫고 굴을 빠져나올 때
귀 닫고 눈 감고 스스로를 가두는
잠실의 풍경 속 깊은 잠

저마다 둥근 집을 짓고 마지막으로 천문을 닫아야
하늘과 내통한다는데

달빛 들어 올리는 소리에 쿨럭, 잠실이 흔들린다

할머니는 밤새 실을 뽑고

날개를 달지 못한 사람들이 몰려가고 몰려오는 잠실역 4
번 출구

달 바깥으로 손을 뻗은 아이들이
제 이름을 버리고 뜀박질하는 소리 들린다

오두개가 익어간다

2022

장
원
준

erwol

내 친구

오랜만에 만나도 어제 본 듯한

서로 생각이 달라도
열심히 들어 주고
따지지 않고 공감해 주는
언제나 내 편
먼저 죽으면 안 되는
늙어도 무지개 소년

한잔
늙어가는 서러움에 또 한잔
정의, 민주, 인권 간데없고
휴대폰에 저장한 손주
바꿔보며 마주 앉아 웃는다.

하나둘씩 곁을 떠나
언젠가는 둘이 아닌 혼자
한잔 해도 덜 슬프자

헤어지며 늘 하던 대로
추 하 게 늙 지 말 자

이렇게 또 하루가 간다.

기형도 문학관에서

열무 30단을 이고 시장에 간 우리 엄마
안개에 덮인 입속에 검은 입
빈집에 홀로 갇힌 사랑
까마듯한 옛이야기 마냥
그대 그림자 속에 묻혀 버렸다.

못다 핀 청춘
혼자만 아픈 마음 우리에게 남겨주고
수많은 밤 뜬 눈으로 사랑도 한 웅큼만
짧은 인연 기나긴 이별을 준비하며
훌훌 날아간 젊은 혼아

냉랭한 하루하루
뿜어대는 입김은 안개가 되어
그대 눈 속에 피어오른다.

긴 호흡 가르쳐 준 그대 그늘에
지금, 나는 편안한가

삼십도 안 돼
안개 속으로 떠난 사람
우리들 가슴에 꿈틀거린다.

이제는

얼마쯤 남아 있나

비껴선 모순된 세상
한도
뿌듯함도 없이
헛발질로 한 평생

뒤돌아보면 한참인데
저쪽으로 한발 걸쳐 성큼 다가서
거기서 기다리는 만남
어떻게 살았나 하면

그냥 왔다 갑니다.

이제는 가야 할 시간
곱게 준비해야지.

나를 감싸 준
나로 상처받은
고맙고 미안합니다.

시간

현재 시간은 지루한데
지나면 순간이다.

철없던 시절
그리워한 시간은
왜 저만치에 머물러 애태웠는지……
이제는 붙잡을 시간 얼마 남지 않아
주섬주섬 챙겨 보아도 모아 지는게 별로 없다.

기억은 시간에 묶여 짙어지고
추억은 시간에 잡혀 떠나질 않네
마음은 시간에 흘러 떠다녀
어쩌면 좋은가 시간 따라 남겨진 흔적들
지금도 자꾸 되돌려
머릿속에 솜사탕처럼 부풀어 있다.

시간이 멈출 때
과거와 현재는 어디에 머무나.

포켓몬

아이들
들락날락
포켓몬 카드 있어요

부모들
오며 가며
있어요 카드

2022년 문방구는 포켓몬 전쟁터
다른 물건들 숨죽어 있다.

2022

[동시]

신
현
창

erwol

변종 코로나19

오매

좋은 거

위드 코로나

오매

오 ~매

오 ~~매

큰일 났네

오미크론

Οο*

＊ Οο(오미크론)은 15번째 그리스 문자이다. 그리스 숫자로는 70을 뜻
  한다.

왜

왜

모두 운다고 하는지 모르겠어

난

사랑의 세레나데를 부르는 중이라고

맴

메애애애엠 맴

재미있는 뉴스

학생이 학교에 갑니다
전면 등교합니다

학생들이 소풍을 갑니다
수학여행도 갑니다

회사원이 회사에 갑니다
회식을 합니다

24시 식당이
24시간 영업합니다

야구장에서 치킨을 먹고
소리치며 응원도 합니다

영화관에서 팝콘을 먹고
손잡고 영화도 봅니다

결혼식도 돌잔치도 합니다

10명, 100명도 함께 밥을 먹습니다

일

상

회

복

늘 하던 일들이
뉴스가 됐습니다

기쁜 뉴스입니다
재미있는 뉴스입니다

거리가
북적북적합니다

바라

산이 불탔다
열흘

삼천 명이 불 껐다
213시간

하룻밤 봄비가
불 껐다

열흘만
일찍 내렸으면 좋았을

봄비가 내린다
봄눈이 내린다

까맣게
변한 상처로

아파하는

산을

하얀 붕대로 감싸듯
덮어준 봄눈

봄눈 녹고 온 산이
푸르길 바라

호박

꽃이
크니

열매도
크다

쓰레기장 옆에서

동그랗고 까만
너의 눈과 마주쳤어

난
놀라고 무서웠어

너도
놀라고 무서웠나 봐

난
소리지르고

너는
도망 다니고

고양이를 무서워한다 쥐
쓰레기장 옆에 숨어 산다 쥐